无敌侦探狗巴迪 6

校园幽灵

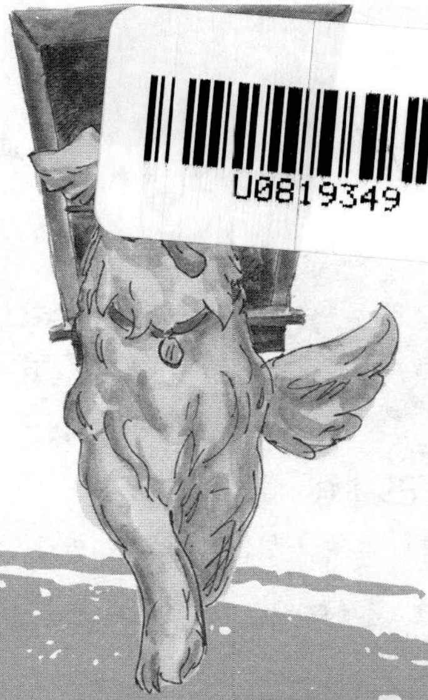

[美] 多里·希勒斯塔·巴特勒 著
[美] 杰里米·图贾 绘　李江艳 译

浙江文艺出版社
Zhejiang Literature & Art Publishing House

The Case of the School Ghost written by Dori Hillestad Butler, illustrated by Jeremy Tugeau

Published by arrangement with Albert Whitman & Company
First published in the United States of America in 2012 by Albert Whitman & Company, 250 South Northwest Highway, Suite 320, Park Ridge, Illinois 60068 USA

The simplified Chinese translation rights arranged through Rightol Media （本书中文简体版权经由锐拓传媒旗下小锐取得 Email:copyright@rightol.com）

版权合同登记号：图字：11—2023—039

图书在版编目(CIP)数据

校园幽灵 / （美）多里·希勒斯塔·巴特勒著；（美）杰里米·图贾绘；李江艳译. —杭州：浙江文艺出版社，2024.1

（无敌侦探狗巴迪；6）

ISBN 978-7-5339-7390-2

Ⅰ. ①校… Ⅱ. ①多… ②杰… ③李… Ⅲ. ①儿童故事—作品集—美国—现代 Ⅳ. ①I712.85

中国国家版本馆CIP数据核字(2023)第209048号

责任编辑 於国娟　**装帧设计** 吕翡翠
责任校对 牟杨茜　**营销编辑** 汪心怡
责任印制 张丽敏

无敌侦探狗巴迪6　校园幽灵

［美］多里·希勒斯塔·巴特勒 著　［美］杰里米·图贾 绘　李江艳 译

出版发行 浙江文艺出版社
地　　址 杭州市体育场路347号
邮　　编 310006
电　　话 0571-85176953(总编办)
0571-85152727(市场部)
制　　版 杭州天一图文制作有限公司
印　　刷 浙江全能工艺美术印刷有限公司
开　　本 880毫米×1230毫米　1/32
字　　数 39千字
印　　张 4
版　　次 2024年1月第1版
印　　次 2024年1月第1次印刷
书　　号 ISBN 978-7-5339-7390-2
定　　价 28.00元

目录

1

阿加莎的口信

大家好！

我叫巴迪，我是一只治疗犬。这意味着我会去学校帮助孩子们，有时候我帮助他们阅读，有时候我帮助他们解决问题，有时候我只是把头放在他们的腿上，让他们抚摸我。抚摸狗狗有助于人类在情绪糟糕的时候感觉好一些。

我喜欢当一只治疗犬，这是我最喜欢的工作！

除了当治疗犬，我还有一份最喜欢的工作，那就是当侦探。我已经解决了一系列的案件：失踪男孩案、狗狗调包案、家人失踪案、火警疑案和图书馆怪物案。

现在，我还有一个没有解决的案子：校园幽灵案。

许多人和动物都认为四湖小学有幽灵。我不知道学校里有没有幽灵，我甚至都不知道自己是否相信幽灵的存在。

但我知道一件事：

四湖小学发生了一些奇怪的事情。

以下是我在学校里看到、听到和感受到的一些怪事：

- 门会自己关上。
- 灯会自己忽明忽暗地闪。
- 墙壁和天花板会发出奇怪的噪声。
- 凉风从我身上掠过，就像一个幽灵试图抚摸我！

不过，或许今晚我就能彻底解决校园幽灵案了，因为你猜怎么着？今晚我要和康纳在学校过夜！我们打算整晚都待在图书馆，在睡袋里睡觉。这一定很有趣！

在学校过夜的活动是为四年级学生安排的，他们这个学年到现在为止已经学完500页的课本了。我不是四年级学生，我也没有学完500页的课本，但妈妈是校长，如果她说我也可以参加，那我就可以参加。

现在，我正躺在康纳床边的地板上，

看着他收拾行李。

“衬衫、裤子、内衣、袜子、睡衣，”康纳说，“这就齐了吧，巴迪?”

“食物呢?”我问道，“你的碗呢? 还有一些玩具呢?”如果我要去某个地方过夜，我就会带这些东西。食物、碗和一些玩具，这就够了，我不需要康纳打包的那些东西。

康纳拍了拍脑袋说：“我差点儿忘了带牙刷。”说着他冲出了房间。

要是妈妈和康纳忘了带我的牙刷，我是不会介意的。因为我讨厌刷牙。

嘿，或许我应该去看看妈妈给我打包的东西。如果她打包了我的牙刷，或许我还有时间把它偷偷藏到冰箱下面去，或者藏到垃圾桶里。

我快步穿过走廊，走下楼梯。我看到厨房的地板上有一个纸袋。我嗅着……嗅着……嘿！我闻到了我的食物！我迫不及待地把鼻子伸进袋子里。袋子倒了，里面的东西都撒了出来：一袋狗饼干，一袋猪肝狗粮，我的碗，我的皮带，我的球，还有那个可以吱嘎作响的鸭子玩具。**我喜欢吱嘎作响的鸭子，这是我最喜欢的玩具！**

“巴迪！”妈妈突然在我身后喊道。

我感觉我的心脏在胸口跳得厉害。“哦，妈妈，”我赶紧摇起了尾巴，“我没听到你从我身后走过来呢。”

妈妈把包括鸭子在内的所有东西都重新装回袋子里，然后有点儿生气地看着我。

“怎么了，”我说，“我做错什么了吗？”

妈妈没有回答我。

我想我最好出去一会儿。或许等我回来的时候，妈妈的心情就会好一些了。

我飞快地冲出我的狗门，穿过后门廊，来到院子里。我嗅着……嗅着……啊，空气闻起来又重又湿。天空越来越黑，感觉很快就要下雨了。

我在院子里转了一圈，寻找最佳的方便地点。我找到一个我很久没去的地方，离我通常方便的地方不太远。哦，这真是个好地方。我抬起腿开始方便起来……突然间，我有一种不好的感觉，一种被监视的感觉。

我回头看了一眼，但没看见任何人。方便完后，我转过身来，绕着院子里的树、花、围栏查看了一圈，还是没有看到任何闯入者。

然后我抬起了头。于是，我看到了无名猫。隔壁院子有一棵树的一根树枝伸到了我们家的院子里，无名猫就站在那根树枝上。

“为什么你总是偷偷摸摸地到我边上来?”我问他。

“我没有偷偷摸摸，”无名猫说，“我整个下午都在这里。”

“为什么?”我问。难道这家伙就没有比看着我家后院更好的事情可以做吗? 看着我家后院是我的工作，又不是他的工作。

无名猫舔了舔他的前爪。“我一直在等你出来，”他说，“我有个口信要捎给你。”

口信? 捎给我?

“谁的口信?”我跳到无名猫下方的围栏旁边问。

“阿加莎。”无名猫说。

阿加莎！我知道这个名字，是我们学校里的幽灵！如果我们学校真的有幽灵的话。

我有点儿紧张地吞了吞口水：“口信是怎么说的?”

“‘离地下室远点儿’，”无名猫说，“阿加莎不喜欢任何人或动物在晚上到她的地方乱逛。如果你能不让任何人到地下室去，她就不会打扰你。但如果你或者谁今晚去了地下室，你肯定会后悔的。”

我不知道无名猫是不是在耍我。

“什么意思?”我问，“如果我去了地下室，会发生什么？如果有某个孩子去了地下室，又会发生什么?”

“你不会想知道的，”无名猫说，“相

信我，肯定是很糟糕的事情。”

过夜活动是在图书馆里进行，所以我想不会有人想去地下室的。

但，我也可能想错了。

2

阿加莎的故事

我跟着妈妈和康纳从房子走到车库，回到房子，又走到车库，又回到房子，又走到车库……他们在往车里装行李箱、盒子和杂物袋，我想这些就是我们去学校过夜要带的所有东西。

“别忘了那个装着我的食物的袋子。”我提醒妈妈和康纳。我走过去看我说的那个袋子到底是不是带上了，但他们手里拿着的都不是那个袋子。

“嘿，我的食物呢？”我问道。终于，

妈妈把装着我的食物的袋子拿过来了。我摇着尾巴，跟着她向车库走去。

“叮咚！”门铃突然响了。

“我过去看看。”康纳说着朝前门跑去。我想我可以相信妈妈会把我的那个食物袋放进车里，于是我赶紧去追康纳。我等不及要去看看是谁来了！

但当康纳打开前门时，门口一个人也没有。

不过，前门廊上放着一个盒子。我和康纳走出门外，只见远处的天空乌云密布，好像还传来一阵隆隆的雷声。我们朝前院看了看，没有人，又往街道两边看了看，还是没有人。我走到那个盒子边上，嗅着……嗅着……但我闻不出里面是什么东西。我也闻不出这个盒子是谁拿过来的，应该是一个我不认识的人。

康纳打开盒子，里面有一个手电筒和两张纸。一张，两张，对，就是两张。

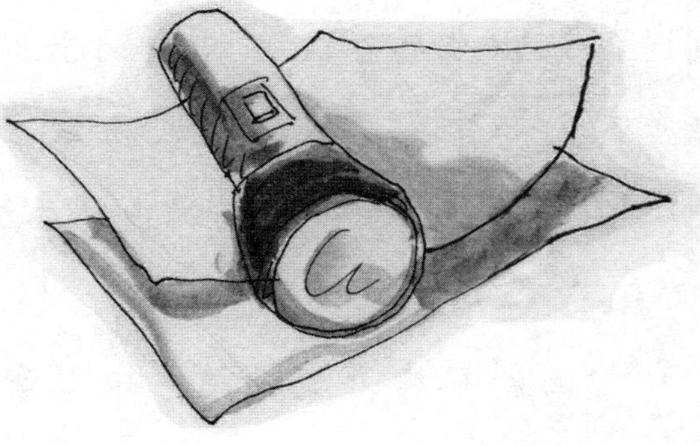

我闻到盒子、手电筒和纸上有巧克力和泡泡糖的味道。

“上面写了什么？”我问康纳，他在看第一张纸上的内容。

“嗯……”他皱着眉头嘟囔了一句，然后开始看第二张纸。

我越过康纳的胳膊瞅了瞅那两张纸，上面写着许多字。我认识其中几个字：谁、你、是、她、有、一。华纳夫人说这些字都是“常见字”。常见字就是你一眼看到就能认出来的字。不过康纳手里那两张纸上的大部分字都不是常见字。

“我们走吧，康纳。”妈妈在车库里喊。

“来了！”康纳回答道。

我们回到车库，康纳把手电筒和那两张纸塞进了他的行李箱，然后我们上了车。

在去学校的路上，我们顺路去接康纳的朋友迈克尔。可惜我的朋友老鼠不能一起去。老鼠是一只狗狗，不是老鼠，只是名字叫老鼠。他是我们这条街上个子最高、声音也最大的狗狗。老鼠住在迈克尔家，不过迈克尔住在房子里，老鼠住在院子里，因为他是一只户外狗狗。

我为老鼠不能一起参加在学校过夜的活动而感到难过。

“没事，巴迪。”老鼠说，“你帮我看着点儿我的男孩就行了。”老鼠的声音太大了，他说话时总是好像在大喊大叫。

“没问题，我会看着迈克尔的。”我向老鼠保证道。

迈克尔爬上车的后座，坐到我和康纳旁边。然后车子再次启动，朝学校驶去。**我喜欢学校，这是我最喜欢的地方！**

康纳和迈克尔在车里没怎么说话，这有点儿奇怪，因为往常康纳和迈克尔一见面就有许多话要说，但今天他们都很安静。

我看了看迈克尔，他的背包吸引了我的注意力。我看见背包外侧的一个口袋里放着一个手电筒。我凑上去嗅了嗅，嘿！这个手电筒上也有巧克力和泡泡糖的味道，和康纳在我们屋外盒子里发现的手电筒和纸的味道一模一样！

康纳也注意到了迈克尔的手电筒。“嘿，我也有一个这样的手电筒。”他对迈克尔说。

“是吗？”迈克尔说，“我……是今天才拿到它的。”

“那你也是在你们家前门廊的一个盒子里拿到的吗？”我问迈克尔。

但迈克尔没有回答我。

“我……也是今天才拿到的。”康纳说。

两个男孩互相看着对方，他们看起来想和对方说些什么，但都欲言又止。最后，他们谁都没有再开口，只是静静地坐在车里看着窗外的雨。

他们为什么没有谈关于手电筒的事情呢？我很疑惑，我想知道手电筒到底是从哪里来的。

谁会按响门铃，把装着手电筒和几张纸的盒子放在门口，然后迅速逃跑呢？更重要的是，这个人为什么要这样做？

好吧，我想我有一个新的案子需要解决了。

到学校后，康纳和迈克尔一起帮妈妈搬东西。他们的动作很快，因为外面正下着大雨。

康纳和迈克尔把所有的东西都搬到了

图书馆，华纳夫人告诉他们该把这些东西放在哪里。妈妈是这所学校的头儿，但华纳夫人是这个图书馆的头儿。

孩子们一个个都来了，我一一向他们问好。他们之中的大多数人都给了我一个拥抱，或者亲切地拍拍我。他们身上都淋湿了，但他们都非常、非常、非常兴奋！我也非常兴奋！

孩子们打开睡袋，说着笑着，四处奔跑。图书馆里的声音越来越大，但一贯要求在图书馆保持安静的华纳夫人今晚似乎并不介意。

然后坡先生来了。坡先生身上的味道闻起来总是很有趣，因为他在学校里做许多不同的工作。今天他闻起来像比萨！

“比萨好了！”坡先生笑着对大家说，

“来自助餐厅吃比萨吧！”

“耶，比萨！”孩子们一边喊一边纷纷朝门口冲去。

我完全理解他们的感受。**我喜欢比萨，这是我最喜欢的食物！**

我和所有孩子一起沿着走廊飞快地跑着。到达自助餐厅后，我们立刻围坐在一张桌子周围，桌子上有大约12个或9个比萨。我兴奋地嗅着……我闻到了番茄……奶酪……酥皮……意大利辣肠……香肠……更多的奶酪……洋葱……蘑菇。我喜欢所有这些东西！

“这些不是给你的哦，巴迪。”康纳把我的鼻子从桌子上推开。

讨厌。好东西永远不是给我的。

哦，好吧，我在地板上找到了一些比

萨屑。我跟着康纳和迈克尔一边走到另一张长桌子前面，一边把地上的比萨屑全吃了。

孩子们都来和我打招呼。“嘿，巴迪！”“你好，巴迪！”“你怎么样，巴迪？”有一个孩子甚至把他手里的比萨饼皮递给我吃。

“谢谢！”我舔着嘴说。

雨下得越来越大了，雨点重重地落在自助餐厅的屋顶上，窗外电闪雷鸣。几个孩子吓得跳了起来。我在一些孩子身上闻到了害怕的味道。

“别害怕，”我对孩子们说，“只是一场小雷雨而已。”

“噢！”一个闻起来像香肠和鲜花的女孩转过身来抱住我，说，“巴迪害怕暴风雨。”

什么？不，我不怕。“是你害怕暴风雨，不是我。”我舔着她的脸颊说。我觉得如果她抱住我的话，或许她就不会那么害怕了。

突然，我们的头顶上传来了一阵奇怪的“砰砰”声，就好像有人在上面用锤子敲打天花板。

自助餐厅里一下子变得安静了，每个人都抬起头看着天花板。但奇怪的声音又突然停止了，就像刚才突然出现一样。于是，大家又开始若无其事地吃东西……聊天……我也低下头继续寻找地板上的比萨屑。

桌子下面有许多比萨屑，我挤在一大堆腿中间搜寻着。桌子下面很黑，但我不需要亮光来寻找比萨屑，我用鼻子就可以了。哈，我找到了一块比萨，虽然不大，但这可是真正的比萨啊，上面铺着各种美味的食物！我猛扑过去，狼吞虎咽地把它吃掉了。太美味了！

我吸了几下鼻子，闻到一张椅子下面的一个袋子里有什么东西。那不是比萨，事实上，那根本不是食物。但袋子里应该有一些很有趣的东西，它的味道和我最近闻到的某些味道是一样的。

我咬了一下袋子上的绳子，袋子打开了，我把鼻子伸了进去。里面又是一个手电筒，它看起来、闻起来都和康纳或迈克尔的手电筒一模一样。

“你在下面干什么，巴迪？”吉莉安问，一把拿走了那个袋子。

哦，我认识吉莉安，她是凯拉的朋友。在康纳成为我的人之前，凯拉是我的人。

“这是你的手电筒吗？”我把头枕在吉莉安的膝盖上，“你是从哪里得到的？”

她伸手拍了拍我的头，然后收紧了袋子上的绳子并打了个结，没有回答我的问题。

外面又响起了一阵雷声。这一次，我们头顶上的灯开始忽明忽暗地闪。而且，天花板上那奇怪的“砰砰”声又开始了！

“那是什么声音？”一个闻起来像三只不同狗狗的男孩问。

“我认为阿加莎不喜欢暴风雨。”正在一个闻起来像意大利辣肠、鱼和青蛙的男孩身后扫地的坡先生说。

“是阿加莎弄出那个奇怪的声音的吗？是阿加莎让灯闪的吗？”吉莉安问道。

“除了阿加莎，我不知道还有谁会这么做。”坡先生说。

“那你认为我们今晚会见到阿加莎吗？”那个闻起来像三只不同狗狗的男孩问。听起来他似乎很想见见阿加莎。

“或许吧，”坡先生眨了眨眼说，“我

听说她喜欢在四年级学生在学校过夜的时候出来。”

“哇哦！”一群孩子兴奋地叫了起来。

“坡先生，给我们讲讲阿加莎的故事吧。”坐在闻起来像三只不同狗狗的男孩边上的一个女孩说。

“对！给我们讲讲吧！”那个闻起来像意大利辣肠、鱼和青蛙的男孩喊道。

坡先生咧嘴一笑。“我想你们都知道阿加莎的故事吧。”他左右摆动着手里的扫帚说。

“还是给我们讲讲吧！”几个孩子喊道。

坡先生低头看了看自己的手表。“好吧，还有点儿时间，我就给你们简单讲讲吧。”

这时，吉莉安拿起她的袋子，起身准

备离开。我知道如果我想解决神秘手电筒案，那我就应该跟着吉莉安。但我也很想解决校园幽灵案。

我从椅子下面爬出来，躺在坡先生旁边听他开始讲阿加莎的故事。

“很久很久以前，一个名叫阿加莎的女孩在这所学校上学。”坡先生把扫帚放到一边，开始讲故事，“她小时候曾遭遇过一次火灾，她的脸不幸被烧伤了，所以样子看起来非常可怕。一些孩子因此取笑她。事实上，许多孩子都取笑她。”

坡先生讲的这部分我以前从没有听过，这和我知道的阿加莎的故事不一样。

“这让阿加莎的童年充满了悲伤。”坡先生继续说。

确实，我也觉得很悲伤。

“这些童年往事让她老了以后变得疯狂。”坡先生说，“她永远都记得那些孩子在学校里对她是多么恶劣。所以在她死后，她的幽灵回到了她原来的学校，也就是这所学校。直到今天，她的幽灵仍然在学校里出没。”

“那你见过阿加莎吗，坡先生？”坐在闻起来像三只不同狗狗的男孩边上的女孩问。

“坡先生！”这时，妈妈走进来打断了坡先生，她背着手，神情很严肃，“你是想吓坏这些孩子吗？根本没有什么幽灵，你知道的。咱们学校的大楼是一栋旧建筑，有些东西因为年头久了是会发出一些声响。有时候我们还会遇到电力问题，所以灯会闪。天花板上的声音是热水管发出的，没什么可奇怪的。这里没有幽灵。”

说完这些，妈妈离开了自助餐厅。坡先生用双手撑在桌子上，伏低身体对孩子们小声说：“听见基恩夫人刚刚说的了吗？阿加莎就是希望我们这么想的。”

3

幽灵的警告！

我希望我知道是不是真的有幽灵这种东西。我希望我知道这所学校里到底有没有幽灵。

每当我想解开这样的谜团时，我都会在脑海中列出清单。这些清单可以帮助我清楚地知道哪些事情是我知道的，哪些是我不知道的。清单还可以帮助我制订出计划。

以下是关于阿加莎我所知道的事情：

- 她很久很久以前曾在这里上学。
- 她已经不在人世了。

以下是我不知道的事情：

- 她真的是幽灵吗？
- 是她把灯弄得忽明忽暗地闪吗？
- 是她在天花板上乱敲吗？

有许多我认识的人和动物都说他们见过阿加莎。但我不知道他们之中是不是有谁真的见过阿加莎。人类有时候会认为自己见到了幽灵，但其实他们看到的是别的什么东西。人类有时候甚至会撒谎说自己见到了幽灵，但我也不知道他们为什么要撒谎。

无名猫说他见过阿加莎，还和她说过话，甚至帮她捎口信。但猫说的话你不能全信。

不过你可以相信狗狗。狗狗从不说谎。

我认识一只狗狗，她也说她见过阿加莎。她叫杰丝，就住在学校后面。我不知道杰丝是否真的见到了幽灵，或者只是她觉得自己见到了幽灵。但我相信她确实看到了什么东西。嗯，我会弄清楚到底是怎么回事的。

以下是我的计划：

- 整晚都不睡觉，打起十二分精神注意幽灵！

但我不知道如果我真的看到了幽灵要

做什么。

猛烈的暴风雨还在继续，现在我们都在图书馆里了。华纳夫人拍了拍手对大家说：“都过来，现在我们要开始玩寻物游戏了！”

哦，太棒了！寻物游戏！我喜欢寻物游戏，这是我最喜欢的——等等，什么是寻物游戏？

算了，不管是什么，肯定很有趣。因为所有的孩子都迫不及待地朝华纳夫人跑去，他们闻起来都很兴奋，所以我也迅速跑了过去。孩子们围成了一个圈，我挤到了康纳和迈克尔中间。

华纳夫人拿着一些写了字的纸。我闻了闻，它们闻起来不像康纳在装着手电筒的盒子里找到的那两张纸的味道。

“每个小组都会拿到一份物品清单，这些物品都能在学校里找到。”华纳夫人开始解释寻物游戏的规则，“第一个找齐所有物品的小组获胜。”

我摇起了尾巴。我最擅长找东西了！

“我们可以自己选择小组成员吗?”迈克尔问。

“不行哦，我们要报数分组。”华纳夫人说。她指一个孩子，被指到的孩子就报一个数。

我坐直身体，好让自己显得高一点儿，这样华纳夫人就会更容易看到我。但她没有让我报数。

“好了，”华纳夫人说，“现在可以分组了。报‘1’的到这儿来，报‘2’的到这儿，报‘3’的到那儿，报‘4’的到那儿。哪一个小组首先找齐了他们清单上的所有物品，就赢得了游戏。你们准备好了吗？出发吧！”

出发？我不知道去哪儿。我看到康纳和几个女孩正低头看他们的清单，于是我跑到他们身边。

一个闻起来像比萨、猫和洗发水的女孩正对着清单念道：“一根吸管、一颗粉红色的珠子、一块白色的石头、一只左手的棒球手套、一绺红色的头发、一本从狗狗的视角写的书。”念到这，她抬头看着其他小组成员问：“我们应该到哪儿找到这些东西呢？”

“我们可以在这里——图书馆——找这本书。”一个闻起来像比萨和另一种洗发水的女孩说，“谁知道从狗狗的视角写的书?”

“《夏伊洛牧羊犬》!”第一种洗发水女孩说。

“这本书是从一个男孩的视角写的，不是从狗狗的视角写的。”康纳说。

“那我们上哪儿找一本从狗狗的视角写的书呢?”第二种洗发水女孩问。

“啊——”这时，从远处的书架那里突然传来一声刺耳的尖叫。几个惊慌失措的男孩和女孩从那里跑了过来。“华纳夫人! 华纳夫人!”他们大喊道，“那后面有幽灵!”

什么? 真的吗?

“世界上没有幽灵。”华纳夫人安抚道。

“有，真的有！”其中一个女孩坚持说，“我们都听到了，那个幽灵说‘离……地下室……远点儿……’”

嗯，她说的和我从无名猫那里听到的口信一样。

我赶紧朝那些孩子跑来的书架跑去。如果阿加莎真的在那些书架后面，我倒想见见她。确切地说，我想和她谈谈。一群孩子和华纳夫人都跟在我后面。走到一半时，我好像也听到了幽灵的声音：“离……地下室……远点儿……”

我不害怕，我伸出鼻子嗅着……嗅着……我闻到那些书后面有什么东西。

上一次我在图书馆里也在一些书后面闻到了什么，结果是一只蓝舌石龙子！我的朋友玛雅把这只蓝舌石龙子和其他几只蜥蜴藏在了学校地下室的锅炉房里，但后来它们都逃走了！一开始我是在图书馆里碰到了蓝舌石龙子，但它在被人类看到之前就逃走了。之后我又花了很长很长时间才找到它。现在它住在华纳夫人桌子后面的玻璃鱼缸里。它的名字叫毛毛，但我叫它蓝舌头。

我不知道我现在闻到的味道是什么东西，但肯定不是蓝舌石龙子。这种味道很奇怪，就像是灰尘和电器的味道。这个东西正在发出一种窃窃私语的声音，还夹杂着“沙沙”声。

我用后腿站起来，用鼻子把一些书推开。

“巴迪在干什么？”一个女孩问。

“华纳夫人，”另一个女孩说，“巴迪把书架上的书都弄到地板上了。”

“巴迪可能是闻到了什么。”康纳说。

“是的！我闻到了——咦，架子上的这个东西是什么？”我看到一个类似金属盒子的东西，它很小，于是我用嘴把它叼了出来。

“那是什么？”一个女孩问，“巴迪叼出来的是什么？”

康纳捡起了盒子。这个盒子竟然在康纳手中开始说起话来：“离……地下室……远点儿……”

“这是一个旧式磁带录音机。”一个女孩说。

华纳夫人伸出手示意康纳把录音机给她。她接过录音机，按下上面的一个按钮。“咔嚓”一声，说话声停止了。

“这是谁的？”华纳夫人问孩子们。

孩子们你看看我，我看看你，谁也没有举手。

我闻了闻录音机。嗯，录音机上面到处都是吉莉安的味道。

我转头看吉莉安，她正盯着天花板。

吉莉安为什么不告诉华纳夫人录音机是她的呢？

吉莉安为什么要把录音机藏在书架后面？她是想让大家认为图书馆里有幽灵吗？她是想吓唬人吗？她为什么要这么做？

“好吧，既然没有人认领，那我就先收着，直到有人来认领。”华纳夫人说。她拿着录音机回到自己的办公桌，把录音机放进了最上面的一个抽屉里。

4

为什么每个人都表现得如此怪异？

寻物游戏结束后，孩子们分散到了不同的地方。有些孩子待在图书馆里看书或下棋，有些孩子去了体育馆，我跟着康纳去了美术教室。

美术教室的负责人通常是索博尔夫人，但她今晚不在这里。

妈妈刚才在这里。她拿了一些纸、铅笔和颜料，然后就去体育馆看那里的孩子们了。所以我认为美术教室里现在没有负责人。

我想这意味着美术教室现在由我负责。

我一边绕着桌子慢慢走，一边看孩子们在画什么。迈克尔正在画一所学校，里面有幽灵飞出来。一个闻起来像巧克力和薄荷糖的女孩正在画坐在她旁边的那个女孩。康纳弯着腰，身体压得很低，所以我看不到他在画什么。但无论如何，我还是挤过去看了看。康纳的纸上像是写了一些字母。只有字母，没有画：A……B……C……D……E……F……G……H……I……J……K……L……M……N……O……P……Q……R……S……T……U……V……W……X……Y……Z。

这很奇怪。

当这些字母像康纳写的那样分散在纸上时，它们会拼成什么单词吗？

康纳拿起纸走到窗前，望着黑漆漆的窗外。怎么回事？外面有什么东西吗？我也走到窗前看了看，只看到外面正下着倾盆大雨。

这时，康纳从窗户下面的架子上抓起一个空罐子，把它藏到纸下面，然后跑向门口。他表现得很怪异。

“嘿！”我跟在康纳后面，“你要去哪儿?”教室门眼看就要在我面前关上了，我及时推开了它。

“康纳，等等！”我追着他跑过走廊。

康纳听到了我的叫声，转过身来。“回美术教室去，巴迪，回去！”他小声对我说。

“不！”我说，“我想知道你要去哪儿。”

“或者去找妈妈。”康纳说。我坐了下

来，我哪儿也不去，康纳去哪儿我就去哪儿。

康纳叹了一口气：“好吧。如果你要和我一起去，那就必须保持安静，明白吗？”

我可以保持安静。但我希望康纳能告诉我，我们要去哪儿，还有他为什么表现得如此怪异。

我们拐过了另一条走廊。这里很黑，我们踮着脚尖走过了1、2、7扇门，直到来到音乐教室前。康纳朝左右瞟了瞟，然后伸手转动门把手。“嘎吱”一声，门开了，我们侧身溜了进去。

音乐教室里比走廊里还要黑，但康纳没有开灯。

我看到他就要撞到桌子了，于是连忙推了他一下，他这才没有撞上。这时，窗外亮起一道闪电，照亮了房间。康纳赶紧走向钢琴，把空罐子和纸放在钢琴上面。然后我们就离开了。

“你为什么要把空罐子和纸放在钢琴上？”当康纳小心翼翼关门的时候，我问他。

但康纳没有回答。

我们在黑漆漆的走廊里摸黑往回走。

当我们转过一个拐角时，康纳差点儿和一个人撞上。原来是迈克尔。

“你在这儿啊！”迈克尔说，“你刚才跑哪儿去了？我们一直在找你。我们要去打篮球，你要一起来吗？”

哦，篮球，太棒了！**我喜欢篮球，这是我最喜欢的运动！**

“当然，”康纳说，“我们走吧！”

好极了！我们走吧！我跟着康纳和迈克尔走下主楼梯，前往体育馆。

闻起来像意大利辣肠、鱼和青蛙的男孩和闻起来像三只不同狗狗的男孩正在选择队员。我在他们中间跑来跑去，大声朝他们喊："选我！选我！"但他们都没有选我。

哦，好吧，那我就同时参加两支队伍吧。

我在球场上来回飞奔，追着球跑。"我的球！"我喊道，跳起来把球从一个孩子手中抢走了。但是我的爪子不能很好地把球抓住，球滚到体育馆的墙边去了。

"巴迪！"有人生气地冲我喊。

"哦，对不起。"我说。

康纳过去捡起了球，然后传给了闻起

来像意大利辣肠、鱼和青蛙的男孩，比赛又开始了。这时，我用余光看到迈克尔离开了体育馆。咦，他为什么会在比赛中途离开呢？或许他需要出去一会儿吧。

我再次冲到孩子们中间抢球。但球又一次从我的爪子里滑了出去，滚到旁边去了。

“巴迪！”好几个孩子一起生气地冲我喊。

“对不起！”我说。我已经尽全力在打球了啊。

“或许你应该把你的狗带回图书馆，康纳，”闻起来像意大利辣肠、鱼和青蛙的男孩说，“它一直在碍事。”

什么？不！

“好吧。”康纳说，“走吧，巴迪。”他

抓住了我的项圈。

“这不公平!”我大喊道,“我也不是唯一一个不能抓住球的啊,为什么我就必须离开球场呢?”

康纳还没来得及回答我,我们就听到体育馆外面的某个地方传来一阵尖叫声。声音听起来像是迈克尔。

“迈克尔?”我大喊着冲出体育馆。我跑上楼梯,在拐角处又听到了尖叫声。一群孩子跟在我的身后也上来了。

“音乐教室里有幽灵!”迈克尔瞪着眼睛喊道。他站在音乐教室的门前,看起来像是被吓坏了。一些孩子把鼻子贴在音乐教室的窗户上朝里面瞅着。

“我没有看到什么幽灵啊。”闻起来像意大利辣肠、鱼和青蛙的男孩说。

“我也没看见。”闻起来像三只不同狗狗的男孩说。

我从他们俩中间挤了进去，想仔细查看一下。就在刚才，5分钟还是50分钟以前，我和康纳就在音乐教室里，当时肯定没有什么幽灵。我仔细闻了闻教室的门和门缝，没有闻到任何异常的味道。

孩子们都想知道更多关于幽灵的事情，他们七嘴八舌地问迈克尔：“你真的看到幽灵了吗?”“幽灵长什么样?”“幽灵在做什么?”“是阿加莎吗?”

“我不知道是不是阿加莎，但肯定是个女孩。”迈克尔说，“她一开始在走廊里，就在那里飘来飘去。然后她进了音乐教室。她是从墙上穿过去的，之后就消失不见了。”

“哇——啊！”这时，外面正好响起一阵炸雷，一个孩子吓得喊了起来。

在我看来，迈克尔说的只有一个问题——这不是真的。我能看出迈克尔在说谎，也能闻到他身上说谎的味道。

这时，妈妈来了。“孩子们，听我说，”她对大家说，“世界上没有什么幽灵。我觉得是这场暴风雨激发了你的想象力，迈克尔，等雨停了，你的想象也会一起烟消云散的。”

“这不是我的想象……”迈克尔坚持道。

“好了，不管你看到了什么，我都希望你从现在开始远离音乐教室。”妈妈打断了迈克尔，“其他人也一样，都不要再去音乐教室了。大约半小时后，我们会在图书馆一起观看一部很不错的电影。在这之前，大家可以去图书馆、美术教室或体育馆。但不要在学校里到处乱跑，好吗？”

每个人都答应了，于是妈妈转身回图书馆去了。

“我真的看到幽灵了，”迈克尔小声说，“我确定我看到了。”

但我知道，他还是在说谎。

为什么迈克尔要在并没有看到幽灵的情况下坚持说他看到了呢？

为什么康纳要偷偷摸摸地把一个空罐子和一张纸放到音乐教室的钢琴上？

为什么吉莉安要把一个发出幽灵般低语声的录音机藏在图书馆的书架后面？

这所学校的孩子们都怎么了？

5

信上的指示

我们回到了图书馆。现在，我一半身体躺在康纳的睡袋上，一半身体躺在迈克尔的睡袋上。我们头顶上的灯很暗。图书馆的大屏幕电视上正在播放一部电影，外面的雨点重重地砸在窗户上。

康纳和迈克尔似乎都有点儿坐立不安。我认为他们两人都不太喜欢这部电影。这不怪他们，因为这部电影里没有狗狗。

吉莉安在图书馆的另一边，我看到她慢慢地站了起来，踮起脚尖绕过所有的睡袋。

过了一会儿，迈克尔俯身对康纳耳语道：“我得去一下洗手间。如果你妈妈问我去哪儿了，你就告诉她我去洗手间了，好吗？”

“没问题。”康纳说。

但没过一会儿，康纳也站起身来，朝门口走去。

我连忙跟上去问道：“我们要去哪儿，康纳？我们也要去洗手间吗？”

当我们来到图书馆外面明亮的走廊时，康纳看着我问道：“我走到哪儿你就一定要跟到哪儿吗，巴迪？”

我想了几秒钟，然后回答道：“是的，因为你是我的人呀！”

康纳没作声，继续往前走了。原来，

我们不是去洗手间——康纳在前面朝着一个黑漆漆的走廊走去。哦，就是音乐教室所在的那个走廊！

我停了下来："妈妈不是说我们应该远离音乐教室吗？"

康纳没说话，继续走着，一直走到了音乐教室门口。我不想被落在后面，所以我也连忙跑了过去，不过我不确定我们应不应该到这里来。

康纳轻轻地把门打开，我们再次溜进了音乐教室。但这一次，音乐教室里可不止我和康纳，迈克尔和吉莉安也在这里。他们俩坐在钢琴旁边的地板上，手里的手电筒发出的光亮在黑暗的房间里显得特别刺眼。我跑到他们身边，想和他们打个招呼。

迈克尔和吉莉安都伸出手来抚摸我："嘿，巴迪，你来了。"

"迈克尔、吉莉安，你们在这里干什么？"康纳关上门问道。

"可能和你来这里的原因一样吧。"吉莉安说。

"你是不是收到了一封信，信上说让你在晚上9点15分到音乐教室来，对吗？"迈克尔问康纳。

"是的。"康纳说。

"我就知道！"迈克尔笑着对康纳说，"当你说你今天也拿到了一个和我一样的手电筒时，我就知道你肯定也收到了一封信。"

康纳来到迈克尔和吉莉安旁边坐下，然后问迈克尔："那你当时为什么不说呢？"

“那你为什么不说呢?”迈克尔反问道。

吉莉安翻了个白眼，举起一张纸说：“因为信上写着‘不要告诉任何人!’，至少我收到的信上是这么写的。”

“我能看看你的信吗?”康纳问。

“那我能看看你的吗?”吉莉安一边说一边把她手里的纸递给康纳。

“我们为什么不大声念一下我们的信呢?这样大家就都知道每个人的信上是怎么写的了。”迈克尔建议道。

我摇着尾巴表示赞同。我喜欢这个主意。

“好吧。”康纳说。然后他把吉莉安的纸还了回去，又从自己的口袋里掏出一张纸。

“我先来念我的吧。”迈克尔说。接着他用手电筒照着念了起来：

亲爱的迈克尔，阿加莎知道你是谁。她选择了你来完成一项特殊的任务。

第一步：晚上8点35分，你要准时停止你手头上的任何事情，前往音乐教室。不要让任何人跟着你。等到了音乐教室，你要立刻表现得像是在音乐教室看到了幽灵一样。你要演得像真的一样，要让别人相信！

第二步：晚上9点15分，你要带上手电筒，再次前往音乐教室。然后在音乐教室等待下一步指示。警告：不要告诉任何人你收到了这封信，否则……！

哦，原来这就是迈克尔撒谎说他在音乐教室看到了幽灵的原因。

“那接下来念我的吧。”吉莉安说。她也开始在手电筒的光亮下念了起来：

亲爱的吉莉安，阿加莎知道你是谁。她选择了你来完成一项特殊的任务。

第一步：去找一个录音机。录一段30分钟的好像幽灵说话的声音，内容是一遍又一遍地重复说“离地下室远点儿”。在寻物游戏开始之前，把录音机藏到图书馆里，打开录音机让它一直播放。做这些的时候，不要让任何人看到你。

第二步：晚上9点15分，你要带

上手电筒，准时前往音乐教室。然后在音乐教室等待下一步指示。警告：不要告诉任何人你收到了这封信，否则……！

哦，原来这就是吉莉安要在图书馆里放录音机的原因。

这时，吉莉安把手里的纸往地上一扔，说：“那是我妈妈的录音机。你们知道如果我不能从华纳夫人那里把录音机拿回来，会有多大的麻烦吗?”

“你可以把录音机拿回来的，”康纳说，“只要你告诉华纳夫人那是你的录音机。”

“是，你说得没错，然后我就会在华纳夫人那里惹上麻烦，”吉莉安说，“她可能会告诉我妈妈我用录音机做了什么。反正不管怎样，我都会有麻烦。”

我不确定我该不该喜欢寄这些信的人，这个人给我的朋友们带来了麻烦。

“你们的信都让你们在音乐教室等待下一步指示，”康纳说，“而我的信上有下一步指示。”

“真的吗？”吉莉安问道。

“你的信上写了什么，康纳？”迈克尔也问道。

康纳拿着手电筒开始念他的信：

亲爱的康纳，阿加莎知道你是谁。她选择了你来完成一项特殊的任务。

第一步：晚上8点05分，你要准时前往美术教室，拿一个空罐子和一张大点儿的纸。在纸上写下字母表，字母和字母之间要留出一些空隙。然后把空罐子和写好字母表的纸放到音乐教室。做这些的时候，不要让任何人看到你。

第二步：晚上9点15分，你要带

上手电筒，再次前往音乐教室。

第三步：如果三个人都到齐了，就让所有人坐成一圈，把写好字母表的纸放在地上，再把空罐子放在纸上。让每个人都伸出两根手指放在罐子上，然后告诉阿加莎你们准备好了。她的灵力会进入这个罐子，而你们的手指会给她力量。在你们的帮助下，阿加莎会把罐子移到一些字母上，你们就可以拼出阿加莎要对你们说的话了。警告：不要告诉任何人你收到了这封信，否则……！

哦，原来这就是康纳偷偷地把一个空罐子和一张纸放到音乐教室的原因。

“哇，我们要和阿加莎交谈了吗？”迈

克尔说，“这是真的吗？”

“用罐子交谈吗？”吉莉安问，“罐子怎么会动呢？如果阿加莎真的在这里，她为什么不直接和我们谈呢？为什么她需要一个罐子和一张写有字母表的纸呢？”

“你以前和幽灵说过话吗？”迈克尔问，“或许这就是幽灵与人交谈的方式。”

“或许阿加莎觉得这样交谈会更有趣。”康纳说。

这时，我想起来一件事。“嘿，你那个装手电筒的盒子里不是有两张纸吗？”我问康纳，“我数了的，1、2。你应该把第二张纸上写了什么也念给我们听。”

但我觉得康纳没有听懂我的意思。

“你们知道是谁寄了这些信吗？”吉莉安问。

“不知道。”康纳说。

迈克尔也摇了摇头。

我也很想知道这些信是谁寄的。事实上，关于这些信，我有许多事情都搞不明白。例如：

- 写信的人真的认识阿加莎吗？
- 这个人为什么要把信寄给康纳、迈克尔和吉莉安？阿加莎为什么选择他们三个来完成一些特殊的任务呢？
- 还有其他人收到信了吗？
- 为什么康纳、迈克尔和吉莉安连是谁寄的信都不知道，却会乖乖按照这些信上说的去做？尤其是做这些事还会让他们陷入麻烦。

康纳的另一张纸上到底写了什么?

“你按信上说的做了吗?”迈克尔问康纳,“你拿了一张纸和一个空罐子吗?你有没有在纸上写字母表?”

“我写了,也拿了,纸和罐子就在那边。”康纳指着钢琴说。

迈克尔走过去,拿起纸和罐子:“或许我们应该按照康纳的信上说的那样做。”

“我不知道。”我说,“但我认为我们应该设法找出是谁寄的信。我们不想再惹更多的麻烦了。”

不过当然,我说的话没用,没有人会关注一只狗狗说的话。

“好吧,”吉莉安说,“看看我们能不能和幽灵交谈吧。”

6

阿加莎说话了

迈克尔把纸放在地板上。康纳把罐子放在纸上，但很快又把它拿了起来。“信上没有说罐子具体应该放在哪儿。”康纳说。

“没关系，把它放在纸上就可以了，任何地方都行。”迈克尔说。

康纳把罐子放在纸中间的一些字母上。

康纳、迈克尔和吉莉安都把手电筒放在一边，然后围在罐子边上，伸出两根手指放在罐子上。

“现在我们应该做什么？”迈克尔问。

“告诉阿加莎我们准备好了。”康纳说。

“好，”吉莉安说，“但我们怎么告诉阿加莎我们准备好了呢？”

康纳耸了耸肩，他也不知道。大家都不知道。

“我想我们叫她的名字就可以了。”康纳说。然后他清了清嗓子：“阿加莎？嘿，阿加莎！我们在这里。你也在这里吗？”说完，康纳环顾了一下黑暗的教室。

这时，纸上的罐子突然开始移动了。

迈克尔瞪大了眼睛："是你们在移动罐子吗？"

"没有啊，"吉莉安说，"我只是轻轻地放在罐子上。你看。"说着她把自己的手指从罐子上拿了下来。

康纳也举起手指说道："我也是。"

这太奇怪了！

我稍微朝罐子靠近了一点儿，这样我就能去闻一闻罐子了。我闻到了颜料、肥皂和蛋黄酱的味道。没有幽灵的味道。

"从纸上下来，巴迪。"康纳用胳膊肘推着我说。

"我只是想帮忙。"我对他解释道。但我还是往后退了两步，躺在纸旁边，把头枕在爪子上。

三个人重新把手指放在罐子上。罐子又开始移动了，然后停留在一个字母上。“‘I（我）’。”吉莉安念了出来。

然后罐子移到了另一些字母上。“‘AM（在）’。”吉莉安念道。

罐子继续移动。康纳、迈克尔和吉莉安一起念道：“‘H……E……R……E（这里）’。”

“是‘我在这里’！”迈克尔说。

吉莉安一下子把手指从罐子上拿开，好像罐子着火了似的。“这真的是阿加莎吗？”她低声问。

“先把你的手指放回去，”康纳说，“罐子又在移动了。”

吉莉安将手指放回罐子上，罐子移到了更多的字母上。这次，康纳直接念了出来：“‘YES……IT……IS……REALLY……ME（是的，真的是我）’。”

“我觉得肯定是你们中的一个在移动罐子！”吉莉安盯着康纳和迈克尔说。

“我没有！我发誓。”迈克尔坚决否认。

迈克尔闻起来是在说实话。

“我也没有！”康纳说。

我坐了起来，我觉得我好像在康纳身上闻到了说谎的味道。

“你们再问康纳一个问题，”我对迈克尔和吉莉安说，“或者还是问他同样的问题，问是不是他在移动罐子。”我知道康纳不太说谎，或许我刚才在康纳身上闻到的是别的什么味道，和说谎很像，但实际上不是。

“别叫了，巴迪。”康纳说。

“或许巴迪是因为看到了阿加莎才叫的。”迈克尔说，“我们都知道，狗狗能看到我们人看不到的东西。”

“不，我没看到阿加莎，”我连忙否认，“我……”

“嘘，巴迪！别叫了！”康纳打断道。

我躺了下来。我不喜欢康纳嘘我，我也不喜欢在他身上闻到说谎的味道。

“好了，阿加莎，”康纳盯着罐子说，“你是有什么话要对我们说吗？”

罐子又开始移动。“‘Y……E……S（是的）’。”康纳低声念道。

“你到底要对我们说什么？”迈克尔问。

当罐子再次开始移动时，康纳、迈克尔和吉莉安都盯着罐子，一起念了出来：“‘G……O……T……O……T……H……

E……F……U……R……'"

"等等，第一个词是'GOT（拿）'吗，拿什么？"吉莉安说，"罐子移动得太快了。"

"第一个词不是'GOT（拿）'，"康纳说，"应该是'GO（去）'，去什么地方。"

"你确定吗？"迈克尔问，"我也以为是'GOT（拿）'呢，拿什么东西。"

这时，罐子停了下来。

我也不知道这回拼出来的是什么单词。

"或许我们应该让一个人把这些字母都写下来。"吉莉安建议道。

"这样可以吗？"迈克尔说，"信上指示说我们每个人都得把两根手指放在罐子上啊。"

"让我们问问阿加莎吧。"康纳说。然

后他转向罐子问道："阿加莎，如果我们只有两个人把手指放在罐子上可以吗？这样的话我们就可以让一个人来记录你要说的话了。"

三个人又把手指放在了罐子上。"'Y……E……S（可以）'。"

吉莉安用手电筒在教室里四处照了照。"嘿，那边有一块小黑板。"她站了起来说。"你们俩念字母，我来把它们写下来。"吉莉安一手拿着手电筒，一手拿着粉笔。

"好的。"康纳和迈克尔同时说。

迈克尔转向罐子。"我们准备好了，阿加莎，"他说，"告诉我们你要说的话吧。"

罐子再次开始移动，每当罐子停在一个字母上的时候，康纳和迈克尔都会念出那个字母，吉莉安就把它写在黑板上：“‘G……O……T……O……T……H……E……F……U……R……N……A……C……E……R……O……O……M’。”

“我想这就是阿加莎要对我们说的话了。”康纳说。罐子没有再移动了。

吉莉安用手电筒照着黑板，在字母间画线。“‘去锅炉房’，”她念了出来，转向两个男孩，“我们为什么要去锅炉房？”

锅炉房？嘿，我知道锅炉房。20天还是4天前，我的朋友玛雅把蓝舌石龙子和另外几只蜥蜴藏在了那里。

“罐子又在动了！”康纳说。迈克尔连忙念道：“‘Y……O……U……W……I……L……L……F……I……N……D……O……U……T……W……H……E……N……Y……

O……U……G……E……T……T……H……E……R……E’。”

吉莉安画了更多线，接着念了出来：“‘等你们到那里的时候就明白了’。”

“你还有别的话要对我们说吗？”康纳对着罐子问。

“‘N……O（没有了）’。”

“我甚至都不知道锅炉房在哪儿，”迈克尔说，“你们知道吗？”

“我想，锅炉房就在地下室。”康纳说。

7

灯都灭了！

“轰隆隆！”这时，屋外突然传来一声巨响，把康纳、迈克尔、吉莉安和我都吓了一大跳。

这是我见过的最亮的闪电，也是我听过的最响的雷声。整个学校大楼似乎都被这一声惊雷震动了。

“我……我不知道我们是不是应该先回图书馆去。”康纳的声音听起来有点儿颤抖。

“我们现在还不能回去，”迈克尔说，

“我们必须按照阿加莎说的去做。我们必须去锅炉房。”

但锅炉房在地下室。无名猫告诉过我，阿加莎想让我阻止任何人去地下室，他说阿加莎不喜欢晚上有人在她的学校闲逛，还说如果今晚有谁去了地下室，我一定会后悔的。

“但是我们已经离开很长时间了，”康纳说，“如果有人开始怀疑我们到底去哪儿了怎么办?”

“大家都在看电影，”迈克尔说，“不会有人注意到我们不在的。”

“我同意。”吉莉安说，“我们已经走到这一步了，我们必须继续下去。我们必须弄清楚阿加莎到底想要我们做什么。”

三个孩子拿起手电筒，朝门口走去。

“等等，”我说，“我们再考虑考虑吧。”

我不认为刚才真的是阿加莎在和我们说话。我觉得是康纳在移动罐子，是他在假装阿加莎。

但我不知道他为什么要这么做。是谁让康纳移动罐子的呢？又是谁让他在字母表上拼出“去锅炉房”的呢？

还有一件事情我也不知道：我从无名猫那里得到的口信真的是阿加莎说的吗，还是无名猫自己编造的？

值得注意的是，我从无名猫那里得到的信息与吉莉安收到的信上要求她在录音机上录制的那句话是一样的——离地下室远点儿。但没有人知道是谁让吉莉安录下那句话的。

或许孩子们是对的。如果我们想知道

到底发生了什么事情，我们或许就必须到锅炉房去。所以或许我们不得不去地下室。

当我们走出教室时，屋外又传来一声巨响。远处走廊上的灯忽明忽暗地闪了起来。

“我想这里的楼梯可以通向锅炉房。”迈克尔指着前面黑漆漆的走廊的尽头说道。当我们开始下楼梯时，又传来一声巨响。这一次，学校里所有的灯都熄灭了。是停电了，我们完全陷入了黑暗。

“没关系，”吉莉安说，“我们有手电筒。”说着她打开了手电筒。康纳和迈克尔也打开了手电筒。

我能闻得出来，三个孩子现在都非常、非常紧张。

但我们继续往前走，下了一层楼，又

下了一层楼。

当我们到达锅炉房那一层时，我提醒他们：“你们可能没办法进入锅炉房，因为锅炉房的门多半是锁着的。”我记得玛雅把蜥蜴藏在锅炉房里的时候，她是有钥匙的。

迈克尔用手电筒一扇门一扇门地查看标牌。“就是这里，”他在一扇门前说，“这里就是锅炉房。”

吉莉安把手放在门把手上，转动了一下，门开了。这太令人惊讶了。我们走了进去。

“呃，”吉莉安说，“这里好像有点儿可怕。”

锅炉房里很热，又热又吵。谁知道锅炉怎么会发出这么大的噪声？我闻到了泥

土、灰尘、霉菌、蜘蛛、老鼠和油漆的味道。如果使劲嗅的话，我甚至还能闻到蓝舌石龙子和其他几只蜥蜴的味道。

康纳和吉莉安拿着手电筒在锅炉房里四处照着。

“我们现在怎么办？”吉莉安问。

“我也不知道。”康纳说。

“阿加莎？”迈克尔喊道，“嘿，阿加莎！我们来了。接下来你想让我们做什么？”

“你们把纸和罐子带来了吗？”吉莉安用手电筒对着康纳和迈克尔问道。

康纳和迈克尔在手电筒的照射下眯着眼睛，摇了摇头。

吉莉安叹了一口气：“为什么不带呢？没有纸和罐子，我们怎么和阿加莎说话呢?”

“我们最好回去拿一下,”迈克尔说,“不然,我们永远都不知道下一步要做什么。”

“我认为我们不需要纸和罐子。”康纳说着深吸了一口气,“有些事情我现在必须告诉你们了。”

“什么事情?”吉莉安和迈克尔都好奇地看着康纳。

“我……嗯……我收到的信实际上有两张。”康纳说着把手伸进后面的口袋,拿出了另一张纸。

“是吗?”吉莉安说。

“第二张纸上是怎么说的?”迈克尔伸手把康纳手上的那张纸拿了过去。

“上面说我得移动罐子,替阿加莎说

话。”康纳说。

“所以刚才是你在移动罐子。”吉莉安说。

我就知道！

康纳点了点头：“信上的指示就是让我把你们都带到这里来。”

“然后呢？”吉莉安问。她从迈克尔手中接过纸，用手电筒照着。

“我也不知道，”康纳说，“信上只说把你们带到这里来，还说不能告诉你们我收到的信还有第二张纸。我真的不知道我们为什么要到锅炉房来，也不知道接下来该做什么。”

嗯，康纳这次说的是实话。

吉莉安把纸还给康纳，说：“好吧，或许我们应该在这里四处看看，或许这里可以找到什么线索。”她再次拿着手电筒在锅炉房里四处照起来。

“我也可以寻找线索。”我说。

我四处嗅着……嗅着……在一把木头椅子前，我停下了。这把椅子上有一张纸。纸上有巧克力和泡泡糖的味道，与康纳、迈克尔和吉莉安收到的信和手电筒上的味道一模一样。

我连忙把纸叼在嘴里，递给了康纳。

8

密　码

“你找到什么了，巴迪？”康纳说着从我嘴里接过了那张纸。

迈克尔和吉莉安也连忙凑了过来，康纳用手电筒照在纸上。“这到底是什么？”他皱着眉头问。

“这是一个密码。”吉莉安说。

“密码？我们怎么才能破解呢？”迈克尔问。

“我不知道。”康纳说。

“让我看看，”我挤到前面说，“或许

我能破解它。”

好吧，看来我是破解不了了。纸上写的绝对不是常见字：

EHMC SGD RDBQDS CNNQ
SVHRS SGD RBQDVR
BKHLA SGQNTFG
ZMC XNT VHKK KDZQM ZKK
LX RDBQDSR！——ZFZSGZ

我不知道为什么康纳、迈克尔和吉莉安能很容易地读懂别的单词，却读不懂这些单词。

“这是倒着写的吗？”吉莉安问，“我们试试倒着看怎么样？”

“没用。”康纳说，“‘C-M-H-E’

不是一个单词。”

“这些单词是被打乱了吗？”迈克尔问，“我们是不是要重新排序？”

“我觉得不是这样。”康纳说，“我认为这些字母不正确，大多数单词甚至连元音都没有。”

我认为肯定还有一种更好的方法可以弄清楚我们为什么要来这里，而不是盯着这些不是单词的字母想破脑袋。于是我把鼻子贴在地上，仔细地嗅着……我闻了椅子、锅炉，还有一堆箱子。但我没有闻到任何线索。

“说不定这里还藏着另一张纸，上面写着我们应该如何破解这些密码，要不我们再找找看？”迈克尔建议道。

“不，我敢打赌，我们必须靠自己把

它破解出来。”康纳说。

“怎么破解呢?”迈克尔问。

“我不知道。”康纳说。

嘿，这是什么？我在墙上发现了一个很大的金属格栅，上面有我在手电筒和纸上闻到的巧克力和泡泡糖的味道。

“伙计们，快过来！”我摇着尾巴喊道。但他们没有过来，仍然在讨论怎么破解密码。

“如果我们把每个字母都替换成它在字母表中的前面一个字母呢?”吉莉安问。

“那么‘E’就变成‘D’,”康纳说，“‘H’变成‘G’,‘M’变成‘L’,‘C’变成‘B’。”

“‘D-G-L-B’，这仍然不是一个单词呀。”迈克尔说。

“伙计们！快过来！”我再次喊道，这次声音更大了。

“巴迪，嘘！别吵，”康纳把手指放在嘴唇上对我说，“我们正在努力思考问题呢。”

康纳回过头，又盯着纸上的字母看了一会儿。“要是我们换个方式呢？如果我们用字母表后面的一个字母替换每个字母呢？”他说。

“那么‘E’就变成‘F’，”吉莉安说，“‘H’变成‘I’，‘M’变成‘N’，‘C’变成‘D’。”

“‘F-I-N-D（找到）’！”康纳、迈克尔和吉莉安同时喊道。

“是一个单词了，”迈克尔兴奋地说，“我们继续！”

我在地上躺了下来。他们估计得花11000年才能破解出密码。而我知道，不管我们在找什么，答案都在这个大金属格栅的另一边。

吉莉安一个单词一个单词地念道：“‘FIND……THE……SECRET……DOOR（找到秘密入口）’。”

“入口就在这儿！”我坐起来喊道。

“‘TWIST……THE……SCREWS（拧开螺丝）’。”康纳说。

我抬头看了看金属格栅，嗯，四个角上都有螺丝。

“‘CLIMB……THROUGH（爬过去）’。”迈克尔说着停顿了一下，问康纳和吉莉安，“‘Z’怎么办？‘Z’后面没有字母了。”

“或许‘Z’应该变成‘A’?”吉莉安说。

我说什么来着？11000年！他们要花11000年才能弄清楚每个单词。

这时，他们三个人一起说道：“‘AND……YOU……WILL……LEARN……ALL……MY……SECRETS! ——AGATHA(然后你们就会知道我所有的秘密！——阿加莎)’。”

“那么，秘密入口在哪儿?”迈克尔问。

“就在这儿!”我一边喊一边挠着金属格栅，“这儿!!”

“嘿，巴迪那儿是什么?”康纳问。

三个人终于跑了过来。

“这看起来就像一个秘密入口。”吉莉安笑着说。

“而且上面还有可以拧的螺丝。”迈克尔一边说一边用手拧着格栅顶部的一颗螺丝。

康纳拧开了顶部的另一颗螺丝，吉莉安拧开了底部的两颗螺丝。然后，他们一起把金属格栅抬了下来。

我立刻跳进了这个墙上的大洞。哇！这里就像是一个隐藏的隧道。里面空间很大，脚下、头顶和两边的墙壁都是混凝土砌成的，闻起来很潮湿，还有一股霉味。这条隧道会通往哪儿呢？我太好奇了。

“等等，巴迪！”康纳一边说一边爬到我身后。他用手电筒在墙上照了照。这条隧道足够高，可以让康纳在里面站着；也足够宽，康纳、迈克尔和吉莉安并排站在一起都没问题。

“我没看到任何秘密，”迈克尔说，“我什么都没看到。”

“或许我们得沿着隧道往前走，看看它通往哪儿。”康纳说。

我认为康纳说的是对的。我嗅着……嗅着……我闻到了巧克力和泡泡糖的味道！“我找到了，跟我来！”我对他们说。

我朝隧道深处跑去，他们跟在我身

后，用手电筒照亮我面前的路。

“呜——!”前面突然传来一阵幽灵般的声音，我们不由得都停下了脚步。

“那是什么声音?”康纳问。

“我——想——我们有——客人来了——”那个幽灵般的声音继续说道。

“哦……太好了……我喜欢有客到访。”另一个幽灵般的声音说道。

“那是……阿加莎吗?”吉莉安小声问。

“我不知道。”迈克尔小声回答道。

我嗅着……嗅着……“不是幽灵，”我说，“我闻到的是人的味道，不是幽灵。”

我又嗅了嗅，嗯，我还闻到了爆米花的味道，还有饼干和糖果。**我喜欢爆米花、饼干和糖果，这些都是我最喜欢的食物！**

隧道开始转弯了，我一边加快脚步一边回头对康纳、迈克尔和吉莉安喊：“来吧，快点儿！”

我们离爆米花、饼干和糖果的味道越来越近了，离巧克力和泡泡糖的味道也越来越近了。

突然，就在转过一个弯的时候，手电筒的光照亮了一群坐在地上的孩子，他们身后是一扇门。

9

阿加莎社团

“嘿，你们把巴迪带来了。”坐在地板上的一个孩子看到我开心地说道。我走过去让他抚摸我，然后我嗅了嗅他身后那扇紧闭着的门。我闻到了泥土……肥料……汽油……工具的味道。我们这是在哪儿？这扇门的另一边又是哪儿？

“你们是谁？”迈克尔问。

“他们是五年级的学生，”吉莉安说，“这是蒂姆·奥布莱恩。”说着她用手电筒照向一个男孩，他身上散发着巧克力、雨水、泥土和棒球的味道。这个男孩被手电筒的光晃得眯上了眼睛。

“蒂姆就住在我家那条街上。”吉莉安继续说，“这是亚历克斯·谢弗。”说着她用手电筒照向一个长头发的女孩，这个女孩的头发很长，湿漉漉的，应该是被雨水淋湿了，她身上散发着巧克力、雨水和泥土的味道。“其他两个我就不认识了。”

我认识其中一个。我认识那个闻起来像巧克力、雨水、泥土、兔子和篮球的男孩。他的名字也叫亚历克斯，是我的朋友玛雅的哥哥。嗯，我想我现在知道玛雅是怎么想到把那些蜥蜴藏在锅炉房里的了，应该是她哥哥告诉她的。

“我是亚历克斯·伦辛。”玛雅的哥哥说。

“我是米拉·亚敏。”另一个闻起来像巧克力、雨水、泥土和泡泡糖的女孩说。哈！我在格栅上、隧道里，还有所有的信纸和手电筒上都闻到过她的味道。

“你们肯定很想知道为什么我们今晚要把你们叫到这里来吧。”蒂姆一边打开手里的手电筒一边说。

“是你们把我们叫到这里来的啊？”迈克尔说，声音听起来有点儿失望。

“难道你真以为是阿加莎把你们叫过来的吗？”米拉嚼着口香糖说。另外三个五年级学生都咯咯笑了起来。

“我们是阿加莎社团的成员，”蒂姆说，“是我们邀请你们到这儿来的。”

“什么成员？”康纳问。

“阿加莎社团，”蒂姆重复道，“这是

一个秘密社团，已经有四十多年历史了。阿加莎社团的存在只有我们现任成员和以前的成员知道，现在加上你们。”

我不确定我对秘密社团是什么看法，但我知道这所学校以前还有一个秘密俱乐部，名字是鲨鱼。我记得有一个男孩为了加入这个秘密俱乐部故意拉响了火警铃。我希望阿加莎社团不会是那样的社团。

“在我们告诉你们其他秘密之前，你们必须保证不会告诉任何人关于这个社团的事情，”米拉说，“你们能保证吗？”

康纳、迈克尔和吉莉安互相看了看，说道：“我想可以吧。”“没问题。”“好的。”

“你们的保证听起来不太严肃。”男孩亚历克斯说，“如果你们要加入阿加莎社团，就必须认真做出保证。”

“我们怎么知道到底要不要加入你们的这个社团呢？”康纳说，“你们甚至都没有告诉我们这个社团到底是怎么回事，也没告诉我们你们要做什么。”

蒂姆、男孩亚历克斯、女孩亚历克斯和米拉互相看了看。“大多数时候，我们就是坐在一起吃糖果。”女孩亚历克斯说。

“嗯，”米拉轻轻推了推女孩亚历克斯，说，“我们也会做一些其他事情。”

“比如？”吉莉安问。

“让阿加莎的故事一直流传下去。”蒂姆说。

“真的有阿加莎这个人吗？”康纳问。

“是的，”米拉说，“在很久很久以前，阿加莎在这所学校上学。她的故事都在这本书里。”说着，她举起一本旧书。

吉莉安想伸手去拿那本书，但米拉抢先一步把书拿了回去："只有阿加莎社团的正式成员才能看哦。"

"要成为正式成员，需要做什么？"迈克尔问。

"你们已经完成了大部分需要做的事情。"蒂姆说，"你们是由一位阿加莎社团的现任成员选中的，你们完成了我们在信中给你们的任务，解开了我们的密码，也找到了通往我们秘密藏身点的路。现在，你们要做的就是宣誓加入阿加莎社团。”

“在宣誓加入阿加莎社团之前，能告诉我们更多关于社团的情况吗？”康纳说，“除了吃东西和让阿加莎的故事流传下去，你们肯定还做了其他事情。”

“好吧，我们会在四年级学生在学校过夜的这天引入新成员。”男孩亚历克斯说。

“从很久以前开始，阿加莎社团的成员就会经常做一些小小的善意之举。”米拉说，“比如，匿名给一些人送花。”

“人们会以为是阿加莎送的花。”女孩亚历克斯说。

“这些年，社团制作了一些幽灵面具和幽灵般声音的录音之类的东西，所以人们会认为这所学校真的有幽灵。”男孩亚历克斯说。

哦，幽灵面具，杰丝看见的恐怕就是幽灵面具了。

“这些都写在书里了，”米拉说，“社团所做的一切都写到了书里。”

“书上还有一个成员名单，所有曾经加入过社团的人都在上面。”蒂姆说，“名单上有一些名字肯定会让你们非常惊讶的。”说着，他挤着眉毛做了个鬼脸。

“是吗？比如谁？”迈克尔问。

米拉把书紧紧抱在胸前说：“现在不能告诉你们，除非你们成为阿加莎社团的正式成员。”

“怎么样？”蒂姆问，“你们想加入这所学校最好的社团吗？”

“想！”“好啊！”“当然！”康纳、迈克尔和吉莉安说。

“那么，”蒂姆说，“和我们一起坐下来吧。”

五年级学生们都往外挪了挪，为四年级的三个学生腾出了一些位置。我也往后退了两步，退到圆圈外面。

“举起你们的右手，跟着我说。”蒂姆举起右手说道。

康纳、迈克尔和吉莉安都举起了右手。

“‘我’，说出你的名字。”蒂姆说。

“我，康纳·基恩——”

“我，迈克尔·福特——”

“我，吉莉安·辛克莱尔——”

“郑重宣誓，要保守阿加莎社团的所有秘密。”蒂姆说。

“郑重宣誓，要保守阿加莎社团的所有秘密。”康纳、迈克尔和吉莉安重复道。

“好了，我现在宣布你们是阿加莎社团的正式成员了。”蒂姆说。

其他几个五年级学生鼓起掌来。

康纳、迈克尔和吉莉安互相看看，笑了起来。

“太酷了！”迈克尔说。

蒂姆把手伸进口袋，拿出三个闪闪发光的东西，原来是钥匙。他给康纳、迈克尔和吉莉安每人发了一把。

“这个钥匙是？”康纳盯着手中的钥匙问道。

“你们知道学校后面的废弃厂房吗？”男孩亚历克斯说。

“知道。”康纳说。

男孩亚历克斯把手放在身后的门上拍了拍，说道："这扇门后面就是那个废弃厂房，我们就是从这里进来碰头的。你们手上的钥匙可以打开废弃厂房的门，进了厂房，你们就能进入隧道，然后可以到隧道那头的锅炉房和学校的其他地方。"

"学校里有老师知道我们有这些钥匙吗？"康纳问，"我妈妈知道吗？"

"不知道，"米拉说，"我们会保守这个秘密。"

"你们是怎么从隧道进入学校的呢？"吉莉安问，"难道不需要有人在锅炉房里面帮你们拧开金属格栅上的螺丝吗？"

"如果那些螺丝拧得不是太紧，就不需要。"蒂姆说。

"太酷了！"迈克尔说。

“我们所有的会议都会在隧道里举行。”男孩亚历克斯说。

“如果有谁对任何人说起我们这个社团或社团的秘密，就会被开除。”米拉说。

“不用担心，”迈克尔说，“我们都知道如何保守秘密。是吧，伙计们？”

“是的！”“当然！”康纳和吉莉安点了点头。

“很好。”米拉说着把手里的书递给他们。康纳、迈克尔和吉莉安翻开书，好奇地看着书上的内容。我也凑过去想试着看看，但书上没有图片，都是些文字，我不认识。

蒂姆把手伸进口袋，拿出一支笔，递给吉莉安：“现在，你们每个人可以在书上签下自己的名字。”

我看着康纳、迈克尔和吉莉安都在书上写下了自己的名字。

“所以，这个社团的成员都有谁呢？”迈克尔一边翻书一边问，“刚才你们说名单上有一些名字肯定会让我们非常惊讶，但到目前为止，我还没有看到一个我认识的名字。”

五年级学生们都会心一笑。

“继续往前看，”女孩亚历克斯说，“一直看到名单上的第一个名字。”

康纳和吉莉安在迈克尔身后，目光越过他的肩膀，看着那本书。我看见康纳的眼睛突然瞪得溜圆，好像要从眼眶里蹦出来似的。他指着书上的某个地方，嘴巴张得大大的。吉莉安和迈克尔也都倒吸了一口凉气。

“爱伦·坡？”吉莉安瞪大了眼睛，“是……坡先生吗？我们学校的管理员？”

五年级学生们都咯咯笑了起来。

“坡先生可不仅仅是社团成员哦，”蒂姆说，“他是社团创始人，整件事都是从他开始的！”

10

结　案

“坡先生知道我们有这些钥匙吗?”吉莉安问。

“我认为他不知道。”男孩亚历克斯说，“如果你读完这本书，你就会发现阿加莎社团成员大约在八年前才拿到这些钥匙，那时候坡先生早就不是现任成员了。”

“真是太酷了！”迈克尔说。

“下周五下午5点，我们再到这里来开会。”蒂姆说着打开了身后的门，准备离开。我连忙跟过去，想挤出去看一看。

“不，巴迪，”康纳喊道，“你要和我们一起走。”

“好吧。”我说。或许下周五开会的时候，康纳会带我来，这样我就可以去那扇门后面看看了。

“记住，不要把螺丝拧得太紧哦。”米拉说。

孩子们互相道了再见。然后，五年级学生从那扇门进到废弃厂房里去了，四年级学生和我则沿着我们来时的隧道回去。康纳和吉莉安打开手电筒照亮了路。

“阿加莎社团！”吉莉安兴奋地说，“太酷了！”

“我其实很想知道他们为什么会选择我们加入这个社团。”康纳说。

“我才不管为什么呢，”迈克尔说，“反

正我很开心他们选了我。”

“准备好回图书馆了吗?”康纳问。

“当然。”迈克尔一边打开锅炉房的门一边回答。走廊里的灯现在都是亮着的。

“看来电力恢复了。”吉莉安说。

“很好，”康纳说，“这样我们就不需要手电筒了。”

是的，但是有一个问题——我认为停电之前这个走廊里的灯是关着的。为什么现在这些灯亮着?

我们沿着楼梯上楼，这里也有很多灯亮着，而我记得这些灯之前也是关着的。

嘿！我听到有人在喊我们。

“巴迪！你在哪儿，巴迪?”

“康纳？迈克尔？吉莉安？你们在哪儿?”

“哦，不好，你们觉得大家是在找我们吗？”康纳问。

“我们在这儿呢！”我一边喊一边朝声音传来的方向跑去。

我转过一个拐角。哇，这里有好多人啊，就像在开一个派对！有许多四年级的学生，还有坡先生和华纳夫人这样的大人。他们都过来抚摸我。

“你看，基恩夫人，我们找到巴迪了。”其中一个孩子说。

“康纳、迈克尔和吉莉安也回来了。”另一个孩子说。

我挣脱那些抚摸我的孩子，朝妈妈跑去。妈妈轻轻拍了拍我的头，但她的眼睛一直盯着康纳、迈克尔和吉莉安。

“你们三个去哪儿了？”妈妈问，她看

起来很担心，还有点儿生气。

康纳咬着嘴唇，吉莉安低着头，迈克尔用鞋子在地板上磨蹭，谁都没说话。

“康纳？”妈妈把双臂抱在胸前问道，“我在问你话。大家都在找你们。”

“我们……到音乐教室去了。”康纳用很小的声音说。这是真的，康纳、迈克尔和吉莉安是去了音乐教室。但这远远不是整个事情的全部。

“你们为什么要去音乐教室？”妈妈问，“我不是说过不要再去音乐教室吗？”

“我们……在找……幽灵。”迈克尔说。

“那你们找到了吗？”坡先生眨了眨眼睛问道。

迈克尔的脸上露出了微笑，但吉莉安立刻用胳膊肘推了他一下。

“坡先生，请你不要怂恿他们。”妈妈说，“世界上没有幽灵这种东西!”

“对不起，妈妈，”康纳说，“我们知道不应该去音乐教室，但我们只是想看看能不能弄清楚迈克尔之前在那里到底看到了什么。”

“好吧，我希望你们三个在今天晚上剩下的时间里都能听从指挥。”妈妈说。

然后，大家一起朝图书馆走去。在路上的时候，妈妈俯下身在康纳耳边说：“等我们回家之后，我还要和你谈谈这件事。”

康纳嘟哝了两句。

就在我们经过学校大楼的正门时，外面有一团灰色的东西映入我的眼帘。

我停了下来。那是……无名猫吗?

不，不可能，猫可不喜欢下雨的时候

跑到外面淋雨。但我仔细一看，原来真是无名猫，那团灰色的东西就是他蜷缩在大楼门前的身体。

等所有人都走过去之后，我才走到无名猫跟前："你在这里干什么？"看到无名猫被大雨困在这里，我心里还真有点儿不好受。

无名猫略微抬了抬头，很冷淡地说："我在等阿加莎，我们有个约定。"

"哈！"我说，"根本没有什么阿加莎。"

"真的吗？"无名猫眨着眼睛说，"你确定？"

"是的！"我说，"世界上没有幽灵这种东西。关于阿加莎的一切都只是一个故事，一个通过阿加莎社团流传下来的故事。不过，我想你可能早就知道了。"

不知道为什么，无名猫似乎无所不知。我也不知道他到底是从哪儿得到的这些信息。

“你可能不仅知道阿加莎社团，还知道社团成员在秘密隧道里聚会。那个秘密隧道只能从学校后面的废弃厂房或地下室的锅炉房才能进入。”我继续说道，“我想这就是你要我离地下室远点儿的原因，你不想让我发现这一切，对吗？”

无名猫又眨了眨眼睛。

“你可能真的几乎无所不知，”我郑重地告诉无名猫，“但这并不意味着你可以愚弄我。至少今天你就别想了！”

我终于能勇敢地面对无名猫了，这种感觉太好了。

“好吧，今天就算了，但总有明天的。”

无名猫说。然后他转过身，高高举起尾巴，走进了雨夜。

我赶紧回到图书馆。四年级学生都躺进了睡袋里，有一些学生已经快睡着了。我轻轻地走过去，在康纳和迈克尔中间找到了一个好地方。我把头放在康纳的肚子上，尾巴放在迈克尔的腿上。

妈妈又播放了另一部电影，最后，所有的孩子都睡着了。

我想我已经解决了校园幽灵案，这个案子可以结案了。但我有一种感觉，这还不是阿加莎故事的结尾，也不是阿加莎社团的终章。